Para Emma, con amor
–A. H.

Para Kurt, un ilustrador, mentor y amigo inspirador
–L. C.

El lector

Texto: Amy Hest   *Ilustraciones:* Lauren Castillo

 Picarona

Puedes consultar nuestro catálogo en www.picarona.net

EL LECTOR
Texto: *Amy Hest*
Ilustraciones: *Lauren Castillo*

1.ª edición: enero de 2018

Título original: *The Reader*

Traducción: *Raquel Mosquera*
Maquetación: *Isabel Estrada*
Corrección: *Sara Moreno*

Edita: Picarona, sello infantil de Ediciones Obelisco, S. L.
Collita, 23-25. Pol. Ind. Molí de la Bastida
08191 Rubí - Barcelona - España
Tel. 93 309 85 25 - Fax 93 309 85 23
E-mail: picarona@picarona.net

ISBN: 978-84-9145-134-1
Depósito Legal: B-27.762-2017

Printed in Spain

Impreso en España por ANMAN, Gràfiques del Vallès, S. L.
C/ Llobateres, 16-18, Tallers 7 - Nau 10, Polígon Industrial Santiga
08210 - Barberà del Vallès (Barcelona)

El lector tiene un pequeño perro castaño
y una robusta maleta de color marrón...

...y un largo trineo rojo con una cuerda larga y retorcida para tirar de él a través del espeso manto de nieve.

Sus botas son altas y muy pesadas, pero
él es fuerte, y las marcas de su trineo son
impecablemente rectas.
Son hermosas.

El perro salta, como un puntito que rebota,
persiguiendo su cola..., un conejito...,
un pajarito..., su cola.

Luego corre hacia la cima de la colina
para esperar.

Se le da bien esperar.

El lector llega lentamente, atravesando
el mundo tirando de su trineo.
Es un trabajo duro, pero eso se le da bien.

El viento sopla. Cae la nieve.
La colina es muy muy alta.
La cima está muy muy lejos.

Sube más y más,
con el viento en contra,
tirando del trineo bajo
la nieve que cae.

Y entonces llega allí, a la cima del mundo.

—¡Aquí estoy! –dice el lector
al perro.

Hacen ángeles de nieve…,
bolas de nieve…,
más ángeles…

Y un perro de nieve
para el perro.

Hace mucho frío en la cima del mundo.
Pero hay bebidas calientes y tostadas
crujientes para dos.

La nieve cae.

Y en el mundo sólo se oye *slurp-ñam-ñam...*,
slurp-ñam-ñam.

Cuando ya no queda nada de comer
ni de beber, se acurrucan juntos.

—Y ahora –dice el lector al perro–, es la hora.

Lentamente, abre la maleta.
Clic. Clic.

Un libro. El mejor libro.

—*Dos buenos amigos* –dice el
lector al perro, y abre el libro
por la primera página.

El perro espera. Es difícil, pero
se le da bien esperar.

Y entonces, por fin, el lector empieza a leer.

Y en el mundo sólo se oye al lector
leyendo hasta la última página…,
hasta la última palabra.

—*Dos buenos amigos* –dice el lector al perro–.
¡Igual que nosotros!

El perro le lame la nariz.

Guardan todo en la maleta.

Clic. Clic.

Entonces el lector envuelve al perro con sus fuertes brazos.

¡Y se van!

Rápido… y cada vez más rápido

hacia el pie de la colina…

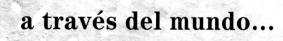

a través del mundo...

Y entonces están allí.
En casa. Juntos.